Astrid Reimann

Der halbe Mann

und andere Geschichten

Bibliografische Information der Deutschen
Nationalbibliothek:
Die Deutsche Nationalbibliothek verzeichnet
diese Publikation in der
Deutschen Nationalbibliografie; detaillierte
bibliografische Daten
sind im Internet unter http://dnb.dnb.de abrufbar.

Herstellung und Verlag:
BoD – Books on Demand Norderstedt
ISBN: 9783753405452

Für

meine beiden tollen Jungs

Inhaltsverzeichnis

Vorwort

Liebe Leserin, lieber Leser,

ich freue mich unheimlich, dass Sie, du und auch ich jetzt dieses Buch in der Hand halten, denn meine Schritte bis dahin waren nicht ganz so leichtfüßig wie bei meinem letzten Buch „Der goldene Weg".

Im März 2020 wollte ich in einer Lesung erste Geschichten aus diesem Buch vorstellen, dann kam Corona. Die folgenden Monate waren und sind geprägt von großer Dankbarkeit um Alltägliches, dass meine Familie und ich gesund sind, von Gedanken an und Unterstützung für Menschen, die viel härter betroffen sind.

Dennoch hatte mich eine gewisse Lethargie erwischt, und das Schreiben wurde mühsam.

Wie wichtig es ist, Freunde und wohlwollende Begleiter zu haben, die zuhören und anschubsen, habe ich dann um so mehr erfahren dürfen. Und so bin ich auch total glücklich, dass Petra Wölfel-Schneider wieder mit ins Boot gestiegen ist und ihre Zeichnungen beigesteuert hat. Einige Male haben wir gegenseitig motiviert.

Insofern habe ich zwei Wünsche für Sie, liebe Leser:

Viel Freude an meinen Geschichten und möge es auch in Ihrem Leben diese Menschen geben!

Astrid Reimann

Der Zettel

*Aufgrund einer Signalstörung ist der
Linienverkehr unregelmäßig.
Wir bitten um Ihr Verständnis.*

Er schaut zur elektronischen Anzeige, denkt kurz
nach und kommt zu dem Schluss: ‚Signalstörung
klingt nicht dramatisch genug.'

*Aufgrund eines Polizeieinsatzes gibt es
Unregelmäßigkeiten im Tram-Verkehr.
Frank steht im Wartehäuschen der M18. Eiskalt
bläst es ihm an die Hosenbeine, durch die
bodennahen Öffnungen der Wände kriecht der
Ostwind.*

Ja, das könnte man als Einstieg nehmen.
Frank, das bin ich, und seit ich an meinem ersten
Roman schreibe, wandle ich alles, was ich tue
und erlebe in Prosa-Sätze um.

Es ist Ende Januar und seit Neujahr schreibe ich an meinem Buch. Die Zeit ist einfach reif dafür, ich fühle es.

Mir selbst ist es gleich, wann die Bahn kommt. Ich sitze fest. Also gerade stehe ich, aber mit dem Schreiben stecke ich fest. Und wenn ich ehrlich bin, sammle ich seit Wochen nur erste Sätze. Erste Sätze sind ungemein wichtig, wenn man das Interesse seiner Leser wecken will. Sie sind quasi der Trüffel unter den Sätzen.

Darum bin ich rausgegangen, um Sätze zu finden. Sätze, frische Gedanken und Menschen. Ich hole das Notizbuch aus meiner Jackentasche, nehme den Stift und schaue mich um. Mit mir wartet eine Frau, vielleicht 1,65 m groß, Ende Dreißig, Jeans, dunkelbrauner knielanger Mantel, unscheinbar. Wenig unscheinbar hingegen ist ihr Haar. Kupferrot.

Ich schreibe:

Trotz der bereits einsetzenden Dämmerung

scheint ihr kupferrotes Haar Funken zu sprühen.

Einige widerspenstige Locken versuchen zu

flüchten.

Flüchten unterstreiche ich, dafür muss ich ein
anderes Wort finden. Flucht hat in diesen Zeiten
so eine gewichtige Aufmerksamkeit,
möglicherweise würde sich jemand dran stoßen,
wenn ich es in diesem harmlosen Zusammenhang
verwende. Wer flüchtet auch schon von einem
Kopf?

Eine schwere Tasche hängt an einem langen

Riemen über ihrer rechten Schulter. Sie starrt

gedankenverloren auf die Straße.

Endlich sieht Frank die Lichter der Straßenbahn.

Gelbe Augen, die immer näherkommen und ihn

staunen lassen, wie dunkel es bereits geworden

ist.

Ich schließe das Buch und stecke es ein.

Somit wären also schon zwei Personen eingeführt.

Frank und die Frau. Also Frank werde ich sicherlich noch umbenennen, aber erstmal schreibt es sich einfacher. Weil ich ja weiß, wie Frank tickt.

Ob es zwischen der Frau und meinem Protagonisten einen Zusammenhang gibt; wann, warum und ob sie sich überhaupt begegnen, das kann ich später entwickeln und aufdecken.

Figureneinführung ist ungemein wichtig.

Die Bahn hält, ich drücke den Öffner für die mittlere Tür und lasse den jungen Mann mit dem Kinderwagen vor.

Dieser nervig jaulende Ton beim Schließen der Türen, erinnert mich an die Autohupen eines Kinderkarussells.

Ich lasse mich auf den Sitz neben der Tür fallen, denn die Bahn legt einen Schnellstart hin, als wollte sie die Verspätung aufholen.

Also doch ein Karussell, wer nicht rechtzeitig sitzt, der fliegt.

Die Rothaarige entdecke ich in der linken Reihe. Die Einzelsitzer. Wenn ich aus meinem Fenster sehe, spiegelt sie sich in der Scheibe. Sie hat einen Zettel aus ihrer Tasche gezogen und legt ihn auf ihren Schoß. Die Tasche als Unterlage, beginnt sie mit einem knallroten Kugelschreiber etwas zu schreiben.

Immer, wenn sie sich nach vorn beugt, fällt ihr eine Haarsträhne über die Augen. Mit einer geübten Bewegung streicht sie sie hinters Ohr, insgesamt wiederholt sich das sieben Mal.

Sie schreibt, sieht aus dem Fenster, notiert weiter. Mein Herz klopft. Ist sie womöglich eine Gleichgesinnte? Vielleicht entsteht hier in der Bahn ihr Romanbeginn, und ich bin dabei. Sie streicht etwas durch. Der Stift verharrt kurz über der Stelle, dann arbeitet sie weiter.

Oh ja, das ist mir so vertraut, dieses Korrigieren und Feilen der Wörter, als würde man einen Stein bearbeiten, bis die Figur sichtbar wird.

Meine Finger berühren kurz mein Notizbuch, aber ich will sie nicht aus den Augen lassen. Also lege ich die Sätze in die Zwischenablage meines Kopfes.

Als ich mich zu ihr umdrehe, fange ich ihren Blick auf. Sie hat die Augen skeptisch zusammengekniffen. Schnell schaue ich weg. Diesen Blick kenne ich.

*

Marion, fast ebenso rothaarig wie sie, hatte mich so angesehen.

Sie kam in der elften Klasse zu uns, und ihre Arroganz, die ich damals noch für Schüchternheit hielt, hatte mein Helfersyndrom sofort aktiviert. Ich bot ihr meine Freundschaft an, und sie nahm sie mit vollen Händen.

Von da an war ich immer an ihrer Seite.

Marion war eine Erscheinung, die anderen Jungs fuhren alle auf sie ab.

Sie jedoch wollte mich. Zumindest bildete ich mir das ein, denn wir teilten alles, was aus meiner heutigen Sicht nicht wirklich viel war.

Sie war die Erste, der ich etwas von mir Geschriebenes vorlas. Mit schwitzenden Fingern hielt ich damals das Blatt mit meiner Geschichte.

Als ich fertig war, warf sie mir so einen Blick zu, mit skeptisch zusammengekniffenen Augen, und sagte:

Franky, da musst du aber noch ganz viel dran machen.

Das zweite Mal schaute sie mich so an, nachdem ich ihr gestand, dass ich mich in sie verliebt hatte.

Das wusste bisher nur ein einziger Mensch, mein Kumpel Klaus.

Am Ende der Sommerferien sah ich sie dann Hand in Hand mit Klaus im Park.

Eines war klar, die Namen Marion und Klaus
wollte ich damals für immer aus meinem Leben
streichen.

*

Gott, was hatte nur diese verstaubte Erinnerung
hervorgeholt?

Als ich wieder zu der Rothaarigen sehe, steht sie
hinter einem dicken Mann an der Tür, die
behandschuhte Hand auf die Lehne eines Sitzes
gestützt.

Die Tür öffnet sich, sie tritt die zwei Stufen nach
unten, und ohne nachzudenken, springe ich auf
und will hinterher. Es wird eng in der Tür, von
beiden Seiten drängen die Leute.

Mir segelt etwas vor die Füße. Es ist ihr Zettel.
Ich bücke mich und werde dabei fast umgestoßen.
Das gefaltete Blatt Papier stecke ich in meine
Faust.

Das Menschengewühl löst sich auf. Die Bahn

14

fährt weiter. Ich stehe mitten auf dem Gehweg
und überfliege gierig die Zeilen.

Namen.

Es sind nur Namen.

Eine Gästeliste?

Für eine Feier? Eine Hochzeit womöglich?

Mein Fantasiemotor ist angesprungen.

Ich denke, das ist meiner.

Die Rothaarige steht plötzlich vor mir.

Sie greift nach dem Zettel, murmelt etwas von
Spanner, dreht sich um und geht.

Ich sehe ihr hinterher.

Warum haben Sie Ihre Marion durchgestrichen?,
rufe ich ihr nach, doch sie ist bereits im
Feierabendstrom untergetaucht.

*

15

Aufgrund einer Signalstörung ist der Linienverkehr unregelmäßig. Wir bitten um Ihr Verständnis.

Er sieht auf seine Armbanduhr und murmelt, wo die Zeit nur geblieben ist.

Marion wartet sicher schon mit dem Abendessen.‘

Kathrin

Schönes Wochenende!

Danke, Ihnen auch, erwidert Kathrin.

Holt Ihr Sohn Sie wieder ab?

Ja, er ist unterwegs.

Schön, wenn man Familie hat, sagt ihre Chefin.

Diese Unterhaltung wiederholt sich jeden Freitag.

Kathrin verstaut die Tupperdose, in der sie immer einen Salat mit ins Büro nimmt, in ihrer Tasche. Sie fährt den Computer runter, legt die Schale mit den Stiften in die Schublade, rückt das Foto von Tim im hellen Holzrahmen gerade und wischt mit der flachen Hand über die Tischplatte, wie sie es jeden Feierabend tut, als müsse sie sich vergewissern, dass auch nicht der kleinste Papierschnipsel liegenbleibt.

Sie geht zum Fenster, schaut auf den Parkplatz und lässt ihre Gedanken schweifen.

Freitage lösen ihre Versprechen nie ein.

Schon als Schulkind ließ sie sich von diesem
flirrenden, nicht greifbaren Zauber anstecken, der
Aufregung, der pulsierenden Lebendigkeit nach
dem letzten Klingeln.

Sie spürt es wie heute, dieses Freitags-Gefühl, als
sie mit der Mappe auf dem Rücken in den Hof
zur elterlichen Wohnung einbiegt. Die Sonne
scheint, Nachbarn waschen im Unterhemd voller
Hingabe ihre Autos. Alles ist anders, entspannter,
so viel Zeit liegt vor allen, ein schönes
Wochenende.

Das Wort ist eine Verheißung auf der Zunge, als
würde man seinen Löffel tief in einen riesigen
Eisbecher tauchen.

Doch spätestens am Samstag ist das Eis
geschmolzen.

Bei Familienfeiern erzählen ihre Eltern immer
wieder, dass Kathrin an Wochenenden und in den
Ferien mit ihren Puppen Schule spielt und mit
freier Zeit ein Problem hat. Irgendwann glaubt sie
es selbst.

Das jedoch war in Wahrheit das eigentliche
Problem.

Erst mit Mitte Dreißig vermutet sie, dass es an
den hohen, unerfüllbaren Erwartungen an diese

Zeit liegt. Aber sind das wirklich ihre Erwartungen oder hat sie sich von anderen beeinflussen lassen? Sie dachte, man muss doch während des Wochenendes etwas Besonderes erleben, um anschließend davon berichten zu können.

Was aber, wenn das gar nicht zu ihr passt? Sie bleibt als Kind schon gern in ihrem Zimmer, in Bücher vertieft oder in Tagträumen.

Als Kathrin das erkennt, fühlt sie sich weniger gestresst. Mehr und mehr begreift sie, dass sie ausschließlich ihren eigenen Erwartungen gerecht werden muss. Schon lange ärgert sie sich nicht mehr über die typischen Montagsfragen oder wenn ihre Mutter am Telefon sagt: *Ich hoffe ja, du warst auch mal draußen?* Sie meint es ja nur gut.

Doch wenn ich lieber zu Hause bleibe, dann bleibe ich zu Hause, auch wenn es draußen eine

Völkerwanderung im nahegelegenen Park gibt.
Ich bin gern daheim. Und ich gehe raus, wenn ich
das möchte.

Kathrin hat sich immer über ihre Arbeit definiert,
vielleicht sehnt sie auch darum mehr als andere
den Montag herbei, wenn sie der gewohnte
Rhythmus wieder mitnimmt.
Als sie nach ihrer ersten und einzigen Kündigung
begreift - ich bin mehr, als nur meine Arbeit, wird
dieses Muster unterbrochen. Doch seit Tim
ausgezogen ist, fällt sie wieder darin zurück.

Heute ist sie 46 und arbeitet seit sieben Jahren bei
der Steuerberatung Hamann. Seit Kurzem gibt es
außer ihr noch die Halbtagskraft Simone, acht
Jahre jünger als Kathrin.
Das Büro befindet sich in einem dreistöckigen,
weitläufigen Gebäude, doch jedes Unternehmen
bleibt mehr oder weniger für sich, man begegnet
sich höchstens zufällig auf dem Gang.

Kathrin löst sich aus ihren Gedanken, prüft, ob das Fenster korrekt geschlossen ist, nimmt ihre Tasche, bleibt an der Bürotür noch mal kurz stehen, schaut zurück. Sie hat keine Eile.

Sie schließt die Bürotür ab, nimmt statt dem Aufzug die Treppen, es ist in Ordnung, wenn sie niemanden mehr trifft.

Inzwischen ist der Parkplatz leer, nur ihr kleiner Seat steht noch da.

Auf dem Weg nach Hause wird sie schnell in den Supermarkt gehen. Wie an jedem Freitagfeierabend.

Der Wochenendeinkauf im Supermarkt löst bei Kathrin ambivalente Gefühle aus. Mitunter fühlt sie sich unwohl zwischen Familien, die ihre prall gefüllten Einkaufswagen vor sich herschieben, oder zwischen den Paaren, die Händchen halten und für die der Wochenendeinkauf noch etwas Besonderes zu sein scheint.

Sie nimmt eine Packung Ziegenkäse aus dem Kühlregal und legt sie in ihren Einkaufswagen, den sie etwas abseits geparkt hat.

Darf ich mal bitte durch? Kathrin schlängelt sich an einem Wagenstau vorbei. Direkt neben ihr unterhält sich ein älteres Paar.

Haben wir noch genug Joghurt zu Hause, fragt sie.

Keine Ahnung.

Ach, Peter, du bist mir keine große Hilfe.

Ich schiebe den Wagen, sagt Peter, *das reicht.*

Soll ich Kirsch oder Erdbeere holen?

Ist mir egal.

Peter sieht Kathrin an und rollt mit den Augen. Vielleicht will er Mitleid erheischen.

Innerlich murmelt sie wie jeden Freitag ein Stoßgebet, dass ihr solche Szenen erspart bleiben.

Kathrin braucht keine Rücksicht mehr zu nehmen, sie ist frei. Nach einer arbeitsreichen Woche liegen nun zwei ruhige Tage vor ihr. Alles kann sie tun, alles kann sie lassen. Meist lässt sie es.

Ob Tim vorbeischaut? Sie hat Kassler gekauft, welches er so mag, und drückt das Paket mit dem rosigen Fleisch zu Hause in den gut gefüllten Tiefkühlschrank.

Aber ihr Sohn hat sicher was Besseres vor.

Ich könnte auch Jana anrufen, ob sie morgen auf ein Glas Wein vorbeikommen möchte. Aber da fällt ihr ein, dass sie mit ihrem Mann auf der lange geplanten Kreuzfahrt ist.

Kathrin lässt Badewasser ein, stellt Kerzen auf den Wannenrand und gleitet in den duftenden Schaum. Es ist ihr Freitagsritual, welches sie mal mehr, mal weniger entspannt.

Eine Schaumblase schillert in ihren Händen. Sie träumt vor sich hin und denkt plötzlich an Manfred, von dem sie sich vor zwei Jahren getrennt hat. Für eine Sekunde schwebt der Gedanke in ihrem Kopf, ihn einfach anzurufen.

Du tickst doch nicht richtig, was soll das bringen? Du weißt doch, was beim letzten Mal draus geworden ist. Das ist nur ein schwacher Moment, der vergeht wieder, nur ein bisschen Melancholie halt - weist ihre innere Stimme sie zurecht.

Kathrin taucht unter, schüttelt dabei den Kopf, das Wasser schwappt über den Wannenrand und mit ihm der Gedanke.
Beides wischt sie nicht auf.

Im Bademantel und mit der Melancholie auf den Schultern schleicht sie ins Schlafzimmer, zieht die Decke bis unters Kinn, greift nach dem unbenutzten Kopfkissen und legt es sich aufs Gesicht.

Grelle Sonne weckt sie am nächsten Morgen.
Ach nein, bitte noch nicht. Kathrin rutscht so tief, dass die Decke bis über die Stirn reicht.

Ihr fällt der Titel eines Ratgeberbuches ein, das Simone ihr letzte Woche empfohlen hat:

Beginnen Sie jetzt!

Ich verschiebe das Jetzt auf später, murmelt Kathrin in ihrer Deckenhöhle.

Doch die Sonne ist unnachgiebig und fordert Kathrin still auf, sich zu erheben.

Ihr Blick fällt auf das Foto ihres Sohnes im Regal gegenüber.

Sie rekelt sich, strampelt die Decke von den Beinen und schwingt sich endlich aus dem Bett.

Dabei hebt sie das Kopfkissen auf, welches in der Nacht auf den Boden gefallen ist.

Kathrin bewegt sich zum Foto und schnipst mit dem Finger dagegen. Eine Spur zu stark, es kippt nach hinten. Sie erschrickt, stellt es wieder auf, streicht darüber, als würde sie zerknitterte Kleidung glätten.

Dann hebt sie es auf Augenhöhe und sagt: *Weißt du was, ich rufe dich an.*

Sie geht in die Küche, wo das Handy über Nacht am Ladekabel hing, stöpselt es ab und hält inne. Die Energie, die sie eben noch gefühlt hat, ist weg. Kurz nach zehn, ist das noch zu früh, um anzurufen?

Ach, los jetzt, spricht sie sich selbst Mut zu, *dein Sohn war noch nie ein Langschläfer.* Sie tippt seine Nummer ein, anstatt die Kurzwahltaste zu benutzen, bemerkt es und ahnt, dass sie damit nur Zeit gewinnen will.

Freizeichen. Nein, zweimal nacheinander. Sie hofft, es ist besetzt. Doch dann nur noch ein langgezogener Ton.

Hallo.

Hallo, erwidert sie mit trockenem Mund.

Schade, niemand zu Hause, aber...

Gott sei Dank, der Anrufbeantworter.

Gerade als sie auflegen will, hört sie ihren Sohn. Live, denkt sie, hat plötzlich dieses Wort im Kopf. Live – dazu gehört auch miteinander zu leben, dazu gehört auch, dass man anruft.

Life.

Nur ein ausgetauschter Buchstabe und es bedeutet Leben. Sie beide leben nicht mehr zusammen, Tim ist erwachsen. Und anscheinend habe ich ein Problem damit, ihn loszulassen, schießt es ihr durch den Kopf.

Hallo, hallo?

Mama?

Ja, ich bin es. Zu früh?

Passt schon.

Ich habe Kassler da.

Hast du doch immer.

Wir haben uns schon so lange nicht gesehen.

Ich war doch erst am Montag bei dir, hast du das vergessen?

Sie antwortet nicht.

Mama, so geht das nicht, ich habe jetzt mein eigenes Leben.

Ich weiß, mein Sohn.

Ich hab dich lieb.

*Ich dich auch. Vielleicht komme ich nächsten
Sonntag, ja. Mach es dir schön, genieße dein
Wochenende, Mum.*

Wirst du denn auch rausgehen?
*Du wolltest mich das nicht mehr fragen.
Ja, du hast recht. Hab du auch ein schönes
Wochenende, Tim! Bis nächste Woche.
Tschüss, Mama.*

Ich habe schon einen klugen Sohn, denkt sie.
Schön machen soll ich es mir also. Habe ich
möglicherweise vergessen, wie das geht? Dann
sollte ich dem mal auf den Grund gehen.

Im Steuerbüro arbeitet sie mit Excel-Tabellen.
Das Credo ihrer Chefin lautet: *Wir müssen
korrekt sein, analytisch vorgehen und eine hohe
Sozialkompetenz beweisen.* Diese
Herangehensweise ist ihr in Fleisch und Blut
übergegangen. Bis auf die Sozialkompetenz
vielleicht, zumindest, was ihr Umgang mit sich
selbst betrifft.

Ja, so werde ich es machen, sagt sie laut zu sich selbst.

Ich werde alles notieren, was schön sein könnte.

Sie fährt ihren Laptop hoch, erstellt eine Excel-Datei und starrt eine Weile auf den blinkenden Cursor in der leeren Spalte. In ihrem Kopf ist eine Schranke. Das kann doch nicht sein, dass mich diese simple Aufgabe überfordert.

Ich schreibe einfach alles auf, was mir einfällt, ohne groß nachzudenken, auch wenn es verrückt klingt.

1. Wenn Tim zu Besuch kommt
2. Mit Tim telefonieren
3. Im Büro sein

Sie schaut zum Fenster, der wolkenlose Frühlingshimmel nickt ihr aufmunternd zu.

4. Spazierengehen

Na geht doch.

5. Lesen
6. Tanzen (vielleicht)

Sie hätte gern mit Manfred einen Tanzkurs gemacht, aber das war ihm zu blöd. Gibt es nicht im Sommer diese Plätze unter freiem Himmel, wo sie Tango tanzen bis spät in die Nacht hinein? Na, jetzt wirst du aber übermütig.

Sie lacht. Ja, vielleicht wird es Zeit dafür. Aber zum Tanzen brauche ich einen Partner. Oder Line-Dance, das geht auch ohne. Hat nicht Simone mal erzählt, dass sie so einen Kurs macht?

Simone. Die ist so ganz anders, quirlig, offen, gute Laune versprühend, kommt mit jedem schnell ins Gespräch.

Sie hat Kathrin auch gefragt, ob sie nach Feierabend mal was gemeinsam unternehmen wollen, aber da sie ja nie zur gleichen Zeit Schluss haben, ist es bisher nicht dazu gekommen. Was natürlich vorgeschoben ist.

Kathrin beneidet Simone um ihre Leichtigkeit und ist nie auf deren Angebot eingegangen.

Sie liest sich ihre Einträge noch einmal durch.

Dann erstellt sie eine Formel, wählt Zellen aus,
Operator dazu, Enter, fertig.

Am Ende bleiben drei übrig. Drei Möglichkeiten
für *Mach es dir schön.*

Im Laufe des Wochenendes wird Kathrin noch
weitere hinzufügen.

Besuch empfangen zum Beispiel und Kochen.

In die letzte Spalte aber trägt sie ein:

Und zu Hause bleiben.

Vier Elfen im Park

Der Baum muss mit rauf!

Die Große, Schlanke, sehr elegant im beigefarbenen Hosenanzug, hielt mir den Fotoapparat hin. *Hier durchgucken und dann einfach drücken.*

Dann ging sie zu den anderen, die wie drei Elfen im Gras saßen, wie ein Frühlingshauch, vom Maler mit leichtem Pinsel aufgetragen.

Die eine stützte sich mit der Hand ab, die andere breitete den Stoff ihres Rockes über den Beinen aus wie eine Verhüllung von Christo.

Komm setz dich neben uns, sagten sie zu der Schlanken.

Nein, das passt nicht und der Baum soll doch mit rauf, sagte diese und stellte sich hinter die Frauen. Wahrscheinlich fürchtete sie um ihren eleganten Hosenanzug. Sie wirkte wie ein Gast, der zufällig zu der lustigen Damengesellschaft gestoßen war.

Ich machte zwei Fotos, einmal im Hochformat, einmal quer, hockte mich hin, suchte den perfekten Blickwinkel, schließlich trug ich eine große Verantwortung, denn der Baum musste mit rauf!

Alles klar, sagte ich, *mit Baum* und gab die Kamera zurück. Die Hosenanzugdame blickte skeptisch.

***

Es war Seminarpause. Die meisten saßen im Café, ich hatte kurz gezögert, ob ich mitgehe, und mich dann doch für den kleinen Park hinter der Schule entschieden. Ich wollte den Kopf ein bisschen leerlaufen.

Der Kurs Biografisches Schreiben war vollgepackt, spannend, anregend, ein Türöffner für erlebtes Leben. Es fühlte sich an, als sprudelten in meinem Kopf ein Dutzend Quellen, doch ehe ich mich an ihnen laben konnte, versickerten sie im Boden.

So lief ich gedankenverloren auf den Wegen, nahm die frühlingshafte Wärme und die Menschen im Park kaum wahr, bis ich ein pralles Frauenlachen hörte.

Ich glaube nicht an Zufälle.

Auf einem kleinen, grasbewachsenen Hügel sah ich vier Frauen. Mein Gesicht entspannte sich, der Kopf wurde wohlig leer, und meine innere Stimme sagte nur ein Wort: *Ja.*

Ich verlangsamte meinen Schritt, schließlich blieb ich stehen. Eine von ihnen hatte mich entdeckt, sie hielt ihre Hand über die Augen, sagte etwas zu der Großen und dann schauten sie alle zu mir. Für einen Moment fühlte ich mich ertappt. *Der Lauscher an der Wand* kam mir plötzlich in den Kopf, nicht wissend, wer das einmal sagte.

Huhu!
Die Frau mit der Hand über den Augen winkte mich heran.
Ob Sie uns fotografieren könnten?

Ich schritt zu ihnen.
Ja, ich schritt über die Wiese, genoss es ein wenig, dass ich auserwählt war, ihnen diesen Wunsch zu erfüllen. Als ich bei ihnen angelangt war, musterte ich die Frauen im Gras, denen

Falten um die Augen tanzten wie das Lachen von jungen Mädchen.

Wie passte die mit dem hellen Hosenanzug zu den anderen dreien?

***

Sie hieß Anneliese und hätte fast nicht kommen können. Wegen Kurt. Kurt war ihr Mann, nicht gesund, sehr hilfebedürftig und noch hilfebedürftiger und kranker, wenn Anneliese etwas vorhatte. Darum hatte Anneliese auch schon lange nichts mehr vor. Bis eines Tages der Brief von Christa eintraf: *Endlich habe ich die Adressen von dir und Hannelore rausgekriegt, wir wollen uns treffen, Karin hat schon zugesagt, bitte komm, es ist so lange her. Wir wollen uns einen richtig schönen Tag machen wie früher, nur wir Mädchen.*

Mädchentag dachte Anneliese und warf dem alten Mädchen im Spiegel einen grimmigen Blick zu.

Zuerst hatte sie den Brief vor Kurt versteckt.
Vielleicht auch vor sich selbst, weil sie unsicher
war, ob sie darauf eingehen sollte. Doch die Lust
auf ein Treffen mit den anderen und die Aussicht,
einmal aus der Enge hier rauskommen zu können,
siegten.

Ihre Mädchen - was waren sie für eine tolle
Truppe gewesen, damals. Clique würde ihr Enkel
sagen, wenn sie einen hätte, oder ist der Begriff
inzwischen überholt?

Kurt sträubte sich.
Kurt wurde krank.
Kurt stänkerte, beleidigte, erpresste.

Anneliese fuhr.
Fuhr mit dem Zug nach Berlin, wo sie damals mit
den Freundinnen zur Schule ging. In einem
anderen Leben musste das gewesen sein.
Sie hatte sich das Beste angezogen, was sie in
ihrem Kleiderschrank finden konnte – doch als
die Mädchen sie sahen, zogen sie sie auf.

Annelie, du siehst aus wie eine Chefin!

Ja, genau wie früher, weißt du noch, wo man dich für unsere Lehrerin gehalten hat, weil du uns alle überragt hast?

Das andere Leben hatte sie eingeholt, wiedergeholt, die Erinnerungen wollten erzählt werden.

Weißt du noch, wie ich in unseren Mathelehrer verliebt war...

Und weißt du noch, wie der auf der Klassenfahrt mit der Bio-Tante rumgeknutscht hat...

Die Sätze nicht beenden, nur anreißen, wie im Zeitraffer, zu viele waren es und wer wusste schon, wann man sich wiedersah?

Karin war die Lustigste von ihnen. Sie trug ein geblümtes Kleid, ihre Haare schimmerten rötlich in der Sonne. *Färbst du,* fragte Christa, deren ehemals dunkle Locken mit grauen Strähnen durchzogen waren.

Karin lachte nur: *Vielleicht.* Sie zog ihre Schuhe aus und ließ sich ins Gras fallen.

Gott ist das schön!

Hannelore plumpste neben sie, zupfte an ihrem Rock, verteilte ihn über ihre Beine.

Findest du deine Beine immer noch zu dick?

Na dünner sind die bestimmt nicht geworden.

Überhaupt alles hier, meinte Hannelore und zog die Bluse ein bisschen weiter über den Bauch. Manchmal kann ich mich selbst nicht sehen, aber ich esse einfach zu gern.

Ach Hanne.

Karin legte den Arm um sie

Du lebst doch nur einmal! Außerdem, sie kitzelte die Freundin, ist bei dir wenigstens ordentlich was dran! Das gefällt doch den Männern!

Hannelore kicherte verlegen.

Stimmt doch, Frau Lehrerin, oder?

Karin sah zu Anneliese.

Ach hör auf, murmelte diese und dachte eine Sekunde lang an Kurt.

Seht mal, die Frau da drüben, wir könnten sie
fragen, ob sie uns fotografiert.
Karin winkte.

So traf ich sie, die Große, Schlanke, elegant im
Hosenanzug mit dem kleinen Schatten auf dem
Gesicht, der nicht zu der Lebhaftigkeit der
anderen zu passen schien.

***

Alles klar, sagte ich, mit Baum. Ich gab den
Fotoapparat zurück und wünschte ihnen noch
einen schönen Tag.

Ich weiß nicht, ob sie Hannelore, Christa, Karin
und Anneliese hießen, ich weiß nicht, ob es einen
Kurt gab, der sauer war, ich weiß nicht einmal,
woher die Frauen sich kannten.
Aber ich hatte die Quelle gefunden.

Der Seminarraum füllte sich wieder. Die Kommilitonen plapperten und schwatzten, als hätten sie sich tagelang nicht gesehen.

Nur ich saß da und schöpfte still mein Wasser.

Die Träumerin

Ich sitze in der ersten Reihe von zehn. Näher an der Bühne geht nicht. *The Spirit* werden gleich spielen, die Band, die seit drei Monaten in unserem Nachbarschaftsverein probt. Heute spielen sie im kleinen Rahmen als Dankeschön für die ehrenamtlichen Mitarbeiter des Hauses, und ich bin eine davon.

Bereits der erste Song elektrisiert mich, und der Frontman. Er ist mindestens zwei Meter groß, spielt Gitarre und singt. Ein rotes Band hält seine schwarzen lockigen Haare im Nacken zusammen. Um seine Augen tanzen hundert Lachfältchen, die im Takt der Musik vibrieren. Das Herz geht mir förmlich auf. Unsere Blicke treffen sich immer und immer wieder.

Ich sitze in der ersten Reihe und verliebe mich.

Rechts neben mir sitzt Kevin, der Sohn einer
Kollegin, der auch Gitarre spielt und fragen will,
ob er mal zu einer Probe kommen kann.

Ja, wir werden ihn fragen, den Gitarristen mit den großen Händen, ich werde ihn fragen. Und selbstlos werde ich Kevin natürlich zur Probe begleiten. Meine Gedanken gleiten davon. Und der Sänger lächelt mich an.

Meine Freundin Ines kommt wie üblich zu spät. Geräuschvoll lässt sie sich auf den Platz links neben mir fallen, den ich ihr freigehalten habe. Dann klingelt auch noch ihr Handy. Ich werfe ihr einen bösen Blick zu. *Ich muss nach dem Konzert auch gleich wieder los*, raunt sie mir zu. Obwohl wir eigentlich danach was essen gehen wollten, ist es mir ganz recht, denn so funkt sie mir nicht dazwischen. Na ja, Ines sieht halt besser aus und traut sich auch viel mehr zu als ich. Sie zieht einfach alle in ihren Bann.

Nach der letzten Zugabe stehe ich mit klopfendem Herzen und dem Jungen an meiner Seite vor dem Gitarristen. Kevin spielt ihm vor

und er lädt ihn zu einer Probe ein. Wir dürfen
kommen!

Mein rechtes Ohrläppchen glüht, wie es das
immer tut, wenn ich aufgeregt bin.

Was für ein Tag! Ein Hoch auf die
Schmetterlinge und Flugzeuge und roten Ohren!

Eine Woche nach dem Konzert bin ich mit Ines
im Café *Sorglos* verabredet. Ob ich es ihr
erzähle? Ich kann doch an nichts anderes mehr
denken, als an die Probe.

Die Schmetterlinge sind vom Bauch hoch in
meinen Hals geflogen und kitzeln meine Zunge -
ich muss das loswerden.

Doch da platzt Ines heraus.

Du, ich muss dir unbedingt was sagen. Sie strahlt
mich an.

Mich hat es erwischt wie schon lange nicht mehr!

Alles klar, dachte ich, es würde also werden wie
immer: Wir erzählen uns gegenseitig unsere
neuesten Liebesabenteuer, wovon sie bedeutend
mehr hat als ich, und wenn wir uns nach einer

gewissen Zeit erneut treffen, trösten wir uns, weil
es doch wieder der Falsche gewesen war.

Also frage ich gelangweilt: *Und, wer ist es?*

Na, der Sänger! Von Freitag. Von dem Konzert!
Sein Lachen hat mich völlig wahnsinnig gemacht.
Wenn ich nur daran denke! Er hat die ganze Zeit
in meine Richtung geschaut. Das muss dir doch
aufgefallen sein?

In deine Richtung? Mich hat er angeschaut, da
warst du noch gar nicht da! Es dreht sich nicht
immer alles nur um dich! Doch ich spreche diese
Gedanken nicht aus.

Hallo! Hörst du mir überhaupt zu?, fragt Ines,
weil ich immer noch nichts sage. Nicht antworten
kann, weil meine Schmetterlinge gerade
gestorben sind.

Mir?, kriege ich schließlich nach gefühlten drei
Stunden raus. *Nein, ist mir nicht aufgefallen. Ich*
war wohl mit meinen Gedanken woanders.

Ach du, meine liebe Träumerin!, sagt Ines und streichelt kurz meine Hand.

Morgen proben sie wieder, und er hat mich gefragt, ob ich auch komme.

Aber wann hast du denn mit ihm gesprochen, du bist doch gleich los nach dem Konzert? Ich verstehe das nicht.

Na ja, ein Freund von mir kennt den Schlagzeuger. Der hatte am Wochenende ne Party veranstaltet und mich eingeladen. Und die Band war dann auch da, das wusste ich aber vorher nicht.

Ich bin schon so aufgeregt! Natürlich erzähle ich dir dann alles, versprochen. Jetzt muss ich los, lass dich drücken. Bist doch die Beste"

Sie winkt von außen noch mal durch die Scheibe.

Sorglos, was für ein blöder Name für ein Café denke ich.

Sorglos

Der hört doch nichts

Hörst du das auch?, fragte ich dich.

Was?, murmeltest du im Halbschlaf.

Es war mitten in der Nacht. Jemand rief laut,
dann Klopfen, wieder Rufen. Leider
unverständlich.

Ich nahm an, dass es von der Frau über mir kam,
die tickte in letzter Zeit häufig aus. Überall sah
sie Terroristen, rief die Polizei und bedankte sich
immer sehr freundlich bei den Beamten, wenn
diese bei ihr waren.

Oder es war der Säufer von ganz oben. Es ist ja
immer schwierig, in einem Neubau genau zu
erfassen, wo das Geräusch herkommt. Das ist wie
beim Bohren, das kann man überall hören, aber
nur schlecht orten.

Aber es war ausdauernd. Ich stand auf, öffnete die Wohnungstür einen Spalt, lauschte ins Treppenhaus, nichts. Dann wollte ich prüfen, ob es vielleicht im Wohnzimmer lauter wurde oder in der Küche, das hieße dann, das Rufen würde aus dem Nebenhaus kommen.

Inzwischen warst du auch aufgestanden. *Also entweder manchen wir jetzt was oder ich gehe wieder ins Bett,* sagtest du.

Was sollen wir denn machen? Ich kann ja schlecht die Polizei holen.

Ich geh ins Bett, verkündetest du.

Kurz danach folgte ich dir. Die Rufe waren verstummt. Später hörte ich sie noch mal sehr leise und schließlich schlief auch ich wieder ein und dachte nicht mehr daran.

Ein paar Tage später

Als ich Mittwochnachmittag von der Arbeit kam, wurde Herr Müller gerade von Rettungssanitätern in einem Rollstuhl zum Krankenwagen gefahren. Er schaute mich groß an, vor seiner Nase war eine Beatmungsmaske befestigt.

Ach Gott, was ist denn passiert?, fragte ich. Er konnte nicht sprechen.

Wir haben ihn im Wohnzimmer gefunden, dort muss er schon ein paar Stunden gelegen haben, antwortete einer der Männer.

Dann ist seine Frau sicher wieder zur Dialyse im Krankenhaus?

Na, die haben wir gerade wieder hergebracht, dabei fanden wir ihn.

Ich kümmere mich um Ihre Frau, Herr Müller, sagte ich und berührte kurz seine rechte Schulter. Er war zwar nicht der angenehmste Mensch, wie mir seine Frau immer wieder mal anvertraute, und wenn er lospolterte, hörte ich das eine Etage höher auch in meiner Wohnung. Trotzdem tat er mir leid.

Gute Besserung!

Ich mochte Frau Müller, und das nicht nur, weil sie mir die kostenlose Fernsehbeilage ihrer Tageszeitung überließ. *Ob sie die bräuchte,* hatte ich sie eines Morgens am Briefkasten gefragt. *Nö, könn se gern haben.*

Ob sie jetzt traurig sein wird, dass er erstmal weg ist, dachte ich, als ich bei ihr klingelte.

Möchten Sie kurz reinkommen? Sie sah völlig fertig aus. *Aber seien Sie vorsichtig, er hat hier überall hingemacht.*

Mit spitzen Schritten suchte ich mir den Weg bis zu einem Stuhl, auf dessen vordere Kante ich mich setzte. Überall war Kot, nicht nur auf dem Boden, sondern an den Schranktüren, an der Tapete, als hätte er sich immer wieder abgestützt. War er umhergeirrt?

Auf meine stumme Frage hin schüttelte sie den Kopf. *Keine Ahnung, was der angestellt hat. Der*

muss völlig durchgedreht sein. Es war ja eh
schon kaum mehr auszuhalten mit ihm. Als ich
kam, lag er hier mitten im Wohnzimmer und hat
mich gar nicht mehr erkannt.

Soll ich Ihnen erstmal ein Glas Wasser holen?,
fragte ich sie.

Sie nickte.

Ich bin gleich wieder da, sagte ich, als ich ihr das
Glas gab, flitzte nach oben und holte die
Duftspraydose aus meinem Badezimmer.
Großzügig verteilte ich ein paar Stöße in Frau
Müllers Zimmer. *Besser?* Sie lächelte.

Wissen Sie was, jetzt rolle ich den Teppich
zusammen, damit Sie das da nicht ständig
angucken müssen.

Ich hob den Couchtisch an und stellte ihn vor das
Fenster. Dann bückte ich mich und versuchte, so
gut wie möglich, das beschmutzte Teil
zusammenzurollen, damit das Unglück darin
verschwand.

Als könne man Unglück in einen Teppich
einrollen.

Passen Sie auf! meinte sie. Und ich sagte: *Ach, ich bin da nicht so empfindlich.* Als ich dann aber etwas von Herrn Müllers Hinterlassenschaften an die Finger bekam, war es mir doch unangenehm. Sie gab mir ein Papiertaschentuch.

Ich schob das schwere zusammengerollte Relikt mit Händen und Füßen dicht an die Schrankwand und stellte den Tisch wieder an seinen Platz zurück.

Den bringen mein Freund und ich morgen zusammen zum Müll. Ich habe ja jetzt einen Freund, sagte ich, als wäre das im Moment wichtig.

Frau Müller schien sich etwas erholt zu haben.

Sie waren zur Dialyse im Krankenhaus?, fragte ich. *Wann ist denn Ihr nächster Termin? Kann ich irgendwas für Sie tun?*

Nein, sagt Frau Müller, *danke, und nein, nicht zur Dialyse, ich bin gestürzt. Ich hatte abends noch allein ferngesehen, und als ich von der Couch*

aufstehen wollte, bin ich gefallen.

Sie zeigte auf die Ecke zwischen Sofa und Tür.

Ich war ihrem Blick gefolgt und sah die kleine

Teppichbrücke neben der Sitzgelegenheit.

Vielleicht war die verrutscht. Im Flur lagen noch

mehr davon, teilweise überlappten sie sich. *Das*

können aber böse Stolperfallen werden, sagte ich.

Sie nickte und sprach weiter.

Ja und dort lag ich dann bis zum Morgen. Ich

kam ja nicht mehr hoch.

Bis zum Morgen?, fragte ich entsetzt und konnte

mir das gar nicht vorstellen.

Na ja, ich habe ja immerzu gerufen: Günter,

Günter, komm her, komm mal her! Und geklopft

habe ich auch. Aber der hört ja nichts!

Der hört doch nichts!

Die Klavierspielerin

Meine Mutter steht vor dem geöffneten
Kühlschrank, ihre Hände streichen fahrig über
ihren Bauch.

Was möchtest du denn?

Ich versuche, nett zu klingen und nicht, als
spräche ich zu einem kleinen Kind.

Ich will kochen! Ich brauch eine Schürze!

Entsetzt stelle ich fest, dass sie bereits drei Platten
am Elektroherd eingeschaltet hat.

*Wir brauchen heute nicht zu kochen, es ist noch
was von gestern übrig. Und eine Schürze habe
ich nicht, das weißt du doch!*

Die letzten Worte geraten zu forsch, ich merke es
sofort an ihrem bestürzten Blick.

Das ist aber nicht gut, meint meine Mutter, lässt
sich aber von mir aus der Küche führen.

*Sie schaut mich von der Seite an: Wie deine
Haare wieder aussehen! Mit der Dauerwelle
sahst du so hübsch aus!*

Ja, wie ein aufgeplatzter Wischmop. Das Zeug
hat gebrannt auf dem Kopf und unter der
Trockenhaube habe ich mir mein Ohrläppchen
versengt, erinnere ich mich.

*

Seit acht Wochen wohnt sie bei mir in der kleinen
Zweizimmerwohnung.

Als mein Vater entschieden hatte, ihre
gemeinsame Zeit zu beenden und von einem
Auslandseinsatz nicht mehr nach Hause zu
kommen, muss es einen Knacks in ihrem Kopf
gegeben haben.

Sie kommt allein nicht mehr zurecht. Anfangs
hatte ich den Verdacht, es fehlt ihr nur jemand,
den sie rumkommandieren kann. Die
Montageeinsätze meines Vaters wurden im Laufe
der Jahre immer länger.

Nun ist sie bei mir. Ich bin nicht gerade glücklich über die Situation, aber sie ist nun mal meine Mutter.

Ich habe sie heimlich in einem Seniorendomizil auf die Warteliste setzen lassen. Die melden sich, wenn was frei wird.

Auf gut Deutsch, wenn jemand stirbt, rückt ein anderer nach.

Ich lausche, sie ist wohl wieder eingeschlafen. Tagsüber sitzt sie oft schlummernd in dem Ohrensessel, der aus ihrer Wohnung mit eingezogen ist. Der Rest lagert in meinem Keller.

Ich träufle Essig auf einen Lappen, wische über die Herdplatte und poliere sie mit dem Geschirrtuch nach. Dabei denke ich an früher und sehe meine Mutter vor mir. Nach getaner Küchenarbeit zog sie ihre Schürze aus und hängte sie in den Besenschrank. Dann setzte sie sich, dauerwellengelockt und demonstrativ seufzend im Wohnzimmer in ihren Sessel. Sie öffnete die kleine Dose, die stets auf dem Beistelltisch stand, und cremte ihre Hände ein. So begann Jahr für Jahr ihr Sonntagnachmittag, der sich nach dem Mittagessen noch lange hinzog.

Die Hände meiner Mutter rochen immer ein bisschen nach Kamille. Sie hat schöne Fingernägel, die ich leider nicht von ihr geerbt habe.

Als Kind habe ich so lange an meinen rumgekaut, bis die Fingerkuppe blutig war.

*

Ich falte das Geschirrtuch einmal, hänge es über den Griff des Backofens und zupfe es gerade.

Eine Schürze, die ich ablegen könnte, besitze ich nicht, und meine Haare sind kurz.

Alle Versuche meiner Mutter, mich noch mal von einer Dauerwelle zu überzeugen, schlugen fehl.

Als mein Sohn Michael einmal ein Jugendfoto von mir entdeckt hatte, lachte er.

Hier siehst du aus wie Oma!

Michael arbeitet in einer anderen Stadt und ist deswegen letztes Jahr am 20. Mai ausgezogen. Sein Vater hatte es schon vor fünf Jahren getan. In unserer Familie scheinen die Männer alle zu gehen.

Ich bin heute aber sehr in Gedanken.

Ich schnipse einen Krümel weg, den ich wohl übersehen habe. Feierabend. Und der Tag ist noch lang.

Ich könnte ein bisschen lesen. Ich lese gern. Wenn ein Buch mich richtig packt, wächst in meinem Kopf eine eigene Poesie, als würde eine unsichtbare Feder meine Geschichte schreiben. Dann taucht eine Erinnerung auf.

Ich will Schriftstellerin werden, hatte ich an meinem fünfzehnten Geburtstag verkündet. Seit ich zwölf war, schrieb ich heimlich meine Gedanken auf, manchmal sogar nachts, denn ich dachte viel. Während ich in meinem, nur von der

Straßenlaterne beleuchteten, Zimmer schrieb,

spürte ich die Besonderheit dieses Momentes, als

würde ich etwas Großes erschaffen. Meine

Handschrift hat unter dem Schreiben im Dunklen

gelitten, aber an das erhebende Gefühl von

damals erinnere ich mich noch heute.

Einmal zeigte ich meiner Mutter ein selbst

geschriebenes Gedicht, ein wirklich gutes

Gedicht, wie ich fand.

Heute weiß ich, dass sie damit einfach

überfordert war -niemand in unserer Familie hatte

je Gedichte geschrieben. Vielleicht hätte Vater

mich verstanden, der manchmal kurze Briefe an

mich schickte.

Stolz und ängstlich stand ich damals vor meiner

Mutter. Mit meinen Augen verfolgte ich ihre, wie

sie über die Zeilen huschten.

Nach gefühlten 20 Minuten sagte sie: *Na ja. Ich*

weiß nicht. Und was willst du jetzt damit?

Da stürzte ich kopfüber in eine dunkle

Metallröhre, die mich seit vielen Jahre festhält.

Anstatt Schriftstellerin bin ich Sekretärin geworden.

Meine Mutter meinte: *Das ist was Seriöses und schreiben tust du da ja schließlich auch.*

Ich wurde eine sehr fleißige Büroarbeiterin. Der Ablauf war mir vertraut, nur dass hier nicht die Mutter, sondern der Chef sagt, was zu tun ist. Trotzdem mag ich meinen Job. Manchmal, wenn meine Finger über die Tastatur flitzen, bilde ich mir ein, ich sei eine Klavierspielerin. Dann gleite ich auf einer unhörbaren Melodie zu lyrischen Wiesen und poetischen Flüssen. Doch ich bleibe nie lange dort.

Ich tippe blind, zuverlässig und schnell alles, was anfällt für Chefs, für Freunde, für deren Freunde. Fremde Texte aus fremden Köpfen.

Oh ja, ich verliere mich heute wirklich sehr in Gedanken, was ist nur los?

Ich creme meine Hände ein. Und der Tag ist noch lang.

Karin?

Karin?

Mutter ruft aus dem kleinen Zimmer, welches ich
ihr überlassen habe. Ich schlafe vorübergehend
im Wohnzimmer. Vorübergehende acht Wochen.

Karin, wo sind denn meine Möbel?

Im Keller, Mutter, das weißt du doch.

Auch die Kommode?

Ja.

Auch die beiden mit den drei Schubladen?

Du hast nur eine mit drei Schubladen.

Das stimmt nicht!

Doch, die andere hat sechs.

Die mit den drei meine ich, hör mir mal zu!

Ich schweige für einen Moment.

Was ist damit?, frage ich sie.

Warum steht die nicht hier?

Dafür ist kein Platz.

Das haben wir doch noch gar nicht versucht!

Doch, haben wir.

Dann versuche es noch mal!

Okay, ich geh in den Keller und messe noch mal nach.

Dann wird sie hoffentlich Ruhe geben.

Aber mach schnell! Ich muss mich fertig machen.

Wofür?

Was du immer für Fragen stellst! Geh jetzt, ich brauche etwas aus der Kommode mit den drei Schubladen.

Bitte.

Hat sie wirklich Bitte gesagt? Sicherheitshalber schließe ich die Wohnungstür hinter mir ab.

Den Keller hatte ich so schön aus meinem Kopf verbannt. Nur widerwillig öffne ich daher das Vorhängeschloss.

Puh, hier siehst es fast so aus wie oben.

Ich quetsche mich bis zur Kommode durch, die Schubladen lassen sich nur einen Spalt öffnen. In der unteren sehe ich eine rote Schürze, darüber ein Dutzend nagelneue Geschirrtücher, die obere

scheint leer zu sein.

Für ein paar Minuten stehe ich da und lausche.

Keine Gedanken.

Wie herrlich.

Vielleicht hätte ich meinen Kram aufräumen

sollen, bevor ihrer dazu kam. Die Umzugsleute

haben alles davor gestapelt und ich erleichtert

hinter ihnen abgeschlossen.

Was steht denn da hinten in der Ecke für ein

schwarzes Monstrum?

Es ist meine uralte Schreibmaschine. Ich wusste

gar nicht mehr, dass die noch existiert.

Ich hebe den Kasten über die Kommode rüber,

halte ihn dann mit beiden Händen vor den Bauch.

Wie ein Reisender mit Koffer.

Bevor ich die Kellertür schließe, angle ich die

rote Schürze aus der Schublade und werfe sie mir

über die Schulter.

*

Meine Mutter steht in der Küche. Ihre Hände
streichen fahrig über ihren Bauch.

Was möchtest du denn?

Ich versuche, nett zu klingen und nicht, als
spräche ich zu einem kleinen Kind.

Ich will kochen! Ich brauche eine Schürze!

Ich gebe ihr die rote Schürze.

Meine Mutter sieht aus, als würde sie gleich
weinen.

Ich schiebe sie sanft in ihr Zimmer, zu ihrem
Sessel und lege ihr die Schürze über die Beine.

Den schwarzen Koffer trage ich ins
Wohnzimmer. Der Verschluss klickt beim
Öffnen, ich hebe den Deckel ab und lege ihn
beiseite. Staubflusen segeln auf die Tischdecke,
Erinnerungen segeln durch meinen Kopf.

In einem Schrank finde ich einen Schreibblock,
reiße zwei Blätter ab, löse den Hebel an der
Schreibmaschinenwalze und lege sie ein.

Dann richte ich die Seiten aus und drücke den
Hebel wieder auf die Walze.

Beim Einspannen darf es kein Geräusch geben!,
hat unser Berufsschullehrer immer gepredigt.

Meine Finger legen sich von allein in die
Grundstellung. A, s, d, f, j, k, l, ö erscheinen oben
links auf dem Blatt. Ich teste die obere
Buchstabenreihe, das E hakt ein bisschen.
Mit dem kleinen Finger muss ich kräftig drücken,
doch ich gewöhne mich schnell wieder daran.

Die Klavierspielerin stimmt ihr Instrument.

Ich warte.
Worauf?
Keiner gibt mir eine Anweisung.
Es ist wohl an der Zeit, ohne Noten zu spielen,
eine eigene Melodie?

Pianissimo, piano, forte…
Meine Finger nehmen mich mit auf eine Reise
mit unbekanntem Ziel.
Ich spiele mein erstes Solo seit vielen Jahren.

Meine Wangen werden heiß, ich fühle die
Wärme, wie damals, als mir das Gedicht
gelungen war.

*

Karin?

Karin, was ist das für ein Lärm?

Was machst du da?

Die Tür zum Zimmer meiner Mutter ist nur
angelehnt. Wahrscheinlich habe ich sie geweckt.
Ich gehe zu ihr.

Ich spiele Klavier.

Ja, kannst du das denn überhaupt?

Ich schlucke kurz.

Ja, ich kann das.

Aber deine Haare, Kind!

*Mit dieser Frisur kannst du unmöglich Konzerte
geben!*

Ach Mama!

Ich setze mich auf die Sessellehne, wie ich es als Kind gern tat, und lege meine Hand auf ihren Arm. Kurz lässt sie es zu. Wir sind Zärtlichkeiten nicht gewohnt.

Einen Moment schweigen wir beide, dann sage ich:

Ich muss noch sehr viel üben, bis ich ein Konzert geben kann. Darum gehe ich jetzt wieder rüber, weil ich weiterüben muss. Das verstehst du doch?

Sie nickt.

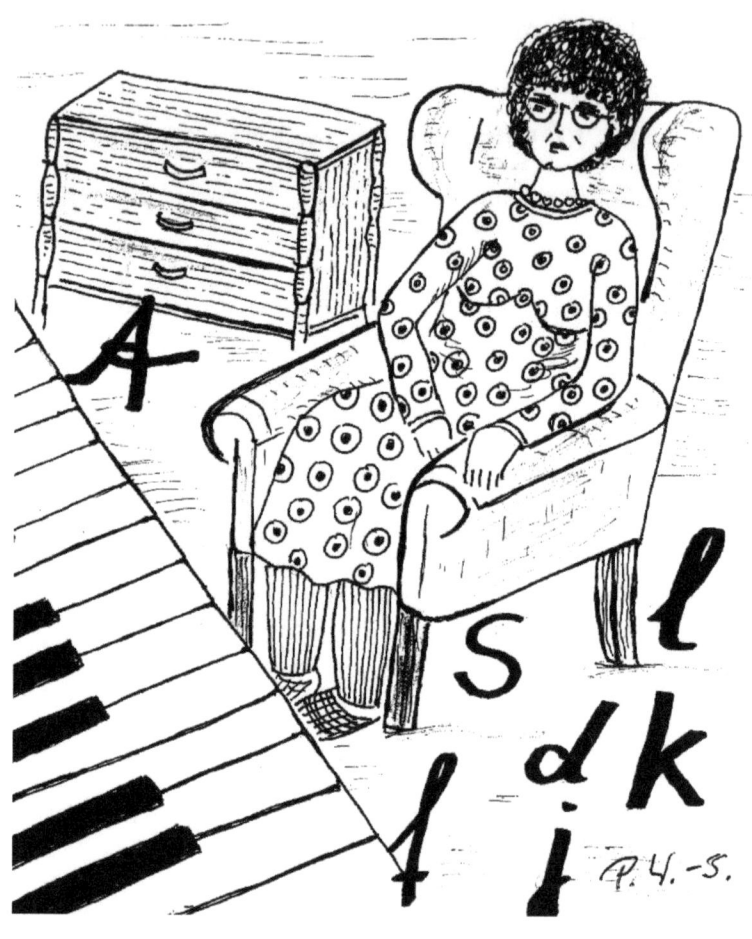

Als ich wieder an der Schreibmaschine sitze, ruft
sie:
Aber dann gehst du in den Keller, ja?

In der Bibliothek

Montag

Im Baumarkt kannst du Männer kennen lernen!
Da musst du mal hin. Kerstin hebt ihr Prosecco-Glas.
Was soll ich denn in einem Baumarkt?
Ich weiß, du setzt dich lieber stundenlang in deine Bibliothek.
Und was spricht dagegen?
Na ja, ich denke, du willst nicht mehr allein sein?
Ich will in erster Linie in Ruhe lesen, also zumindest dort. Und im Moment suche ich auch nicht.
Ja, du willst lieber gefunden werden. Aber das sagen nur die, die zu bequem sind zum Suchen.

Und, wie war es heute im Baumarkt?, frage ich, um von mir abzulenken.
Super! Ich habe jetzt frisch angerührte Lila-Wandfarbe.
Ich wusste gar nicht, dass du streichen willst.

Will ich auch nicht, aber als ich vor der
Farbauswahl-Wand stand, kam ein Mitarbeiter
und hat mich so nett und ausführlich beraten, da
musste ich einfach was kaufen. Er meinte, die
Farbe passe zu mir.

Aha, kennt er schon deine Wohnung?

Nö, aber seine Telefonnummer habe ich trotzdem.

Kerstin grinst.

Wie du das nur immer machst.

Dienstag

Bitte entnehmen Sie den Becher!
Der Milchkaffee vom Automaten schmeckt echt
gut. Ich gönne mir immer ein oder zwei.

Ich bin wieder in der Bibliothek, jede Woche
findest du mich hier. Im Lesecafé schmökere ich
in Zeitschriften mit dem Riesenaufkleber „Kein
Ausleihexemplar". Manchmal nehme ich mir ein
Buch von dem Stapel der Neuerscheinungen und
warte auf den Moment, in dem die Handlung
mich packt oder eben nicht.

Zuletzt habe ich einen Roman in drei Etappen gelesen. Bevor ich nach Hause ging, klemmte ich das Lesebändchen zwischen die Seiten und war gespannt, ob es nach zwei Tagen immer noch an derselben Stelle war. Ein kleines Spiel.

Ein Autor hat über die Erlebnisse während seiner Lesereisen geschrieben. Ganz schön clever, denke ich. Vielleicht schreibe ich mal ein Buch über Geschichten aus der Bibliothek.

Mein Schreibzeug habe ich ja stets dabei. Es ist wie ein Ritual. Während ich lese, schleichen sich erste eigene Worte in meinen Kopf, schlüpfen aus den Buchseiten, als würden sie zwischen den Zeilen auf mich warten. Dann trinke ich einen letzten Schluck, schlage mein Notizbuch auf, nehme den Stift und beginne zu schreiben.

Donnerstag

Heute ist es lebhaft in der Bibliothek. In der
oberen Etage findet eine Vorstellung für Kinder
statt, die begeistert mitmachen.

Die Frauen hinter dem Empfangstresen
schwatzen, es bleibt mir gar nichts anderes übrig,
als mitzuhören.

Schließlich öffnen sich per Automatik alle
Fenster in die Kippstellung, ich höre die Tram
und den Lärm der Bauarbeiter, die vor dem

Gebäude ein Stück vom Gehweg erneuern.

Außerdem friere ich.

In mein Tagebuch schreibe ich:

Bin wieder in der Biblio, doch irgendwie stört
mich heute alles, zu laut, zu kalt und vom
Nebentisch schaut ein Mann mit einer John-
Lennon-Brille zu mir rüber.
Ich wollte aus der häuslichen Einsamkeit flüchten
und bin schon wieder auf der Flucht. Der Kaffee
ist heute auch nicht gut. Ich haue wieder ab.

Also packe ich meine Sachen in den Rucksack,
nehme die Jacke von der Stuhllehne und werfe
den leeren Becher schwungvoll in den Papierkorb
mit Mülltüte.

Flüchtig werfe ich noch einen Blick auf zwei
zeitungslesende ältere Herren.

Am Abend telefoniere ich mit Kerstin.

Wobei der vom Nebentisch ganz nett aussah,
erzähle ich ihr.

Aus dir soll einer schlau werden, meint sie. *Wenn dich das nächste Mal ein Mann anguckt, schaust du nicht weg! Hast du verstanden?*

Samstag

Schon beim Betreten empfängt mich das mir so vertraute Gefühl, als würde ich nach Hause kommen. Ich nicke den Tresen-Damen zu, klemme mir zwei Neuerscheinungen unter den Arm, und setze mich auf meinen Platz am zweiten Tisch hinter den Zeitungsregalen. Dort ist man etwas separierter.

Ich lese ein paar Seiten, schreibe ein bisschen in mein Buch, und bei jedem Hochblicken entdecke ich männliche Besucher. Da denke ich an Kerstins Baumarkttipp und muss lächeln.

Ein Exemplar sehe ich mehrmals. Es läuft an meinem Tisch vorbei, sieht zu mir rüber, bleibt vor einem Zeitschriftenregal stehen, blättert, geht weiter, kommt wieder ein paar Schritte in meine Richtung, und schaut mich kurz sehr direkt an. Ich kann seinen Blick nicht deuten und sehe nach, ob ich vielleicht einen Fleck auf dem Pullover habe. Ich wische mir auch über den Mund, falls dort ein Milchkaffee-Bart klebt.

Beim nächsten Mal lächle ich ihn freundlich an. Doch er dreht schnell den Kopf weg, als hätte ich ihn ertappt. Ist das ein Spiel? Ein Spiel, welches ich verlernt habe, zu spielen?

Ich habe keine Lust dazu, also stopfe ich mein Schreibzeug in den Rucksack und stehe auf, um meine Jacke anzuziehen.
Da tritt er auf mich zu.

Mein Herz klopft.
Siehst du, man muss gar nicht in einen Baumarkt, man kann auch hier jemanden kennen lernen, höre ich mich schon zu Kerstin sagen.

Das ist aber schön, sagt er, und entblößt beim Lächeln gepflegte weiße Zähne. Ich mag Männer, die auf ihre Zähne achten.

Ich erwidere sein Lächeln. Kenne ich ihn oder verwechselt er mich mit jemandem?

Ja?, hake ich nach.

Dann kann ich endlich wieder auf meinen Stammplatz.

Der halbe Mann

Ist unser Paket schon angekommen?

Anne, Caro und ich hatten uns das erste Mal zum Zoomen verabredet. Die beiden kannten sich schon damit aus, ich habe bisher nur mit meiner Handykamera gezoomt. Aber wegen der verschärften Corona-Kontaktbeschränkungen verlegten nun auch wir Freundinnen unser Treffen ins Internet.

Ja. Ist ja ziemlich groß. Was habt ihr mir denn da geschickt?

Wir können dich nicht sehen, Jule, du musst deine Kamera einschalten!

Meine Webcam benutzte ich sonst nie. Ich habe sie mit braunem Paketband abgeklebt, damit mir niemand heimlich in die Wohnung schauen kann. Sowas soll ja vorkommen.

Ich muss erst das Paketband abmachen!

Nein, noch nicht auspacken, riefen beide im Chor.

Ich meine nicht das Paket, ich habe meine Kamera zugeklebt. Macht euch ruhig über mich lustig. Ich bin nicht so technikaffin wie ihr.

Na ja, mit fünfzig lernt man auch nicht mehr so leicht etwas Neues, witzelte Anne.

Hey, ich bin erst 49 geworden!

Okay, jetzt sehen wir dich. Aber du brauchst nicht so dicht ranzugehen! Ja, so ist gut, jetzt kannst du auspacken. Wir sind schon sehr auf dein Gesicht gespannt.

Ihr macht mir ein bisschen Angst.

Keine Sorge, du wirst ihn mögen.

Ihn? Was habt ihr mir geschickt?

Los, mach auf!

Springt mir da jetzt was entgegen, fragte ich noch immer etwas unsicher.

Du meinst so was wie ein Stripper? Caro grinst.

Na euch trau ich alles zu.

Ich zog das Geschenk aus dem Paket, entfernte die Herzchenfolie (man konnte es auch übertreiben) und hielt ein unförmiges Kissen in die Kamera.

Was bitteschön ist das?

Haben wir im Internet entdeckt und fanden den total witzig. Du bist doch schon so lange allein, und manchmal fehlt dir jemand, der dich in den Arm nimmt.

Aha, und das soll der jetzt übernehmen? Aber der hat doch nur einen Arm.

Reicht doch. Den kann er dir umlegen und beim Fernsehen kuschelst du dich an ihn.

Lies mal, was auf dem Zettel steht.

„Die ideale Wahl für Frauen und Männer, die das Gefühl einer Umarmung wünschen. Vielleicht ist Ihr Partner oft geschäftlich unterwegs", las ich laut vor.

Halber Mann ohne Kopf, aber mit Beipackzettel, dachte ich.

Du kannst ihn auch als Seitenschläferkissen benutzen.

Und er schnarcht nicht! Peter hat letzte Nacht

wieder einen Wald abgesägt, stöhnte Caro.

Kurz schwiegen wir alle drei.

Dankeschön, sagte ich.

Na, Freude sieht aber anders aus.

Doch, doch, ich freue mich. Die Überraschung ist

euch gelungen. Ich finde es schön, dass ihr euch

Gedanken gemacht habt um mich alte Frau.

Haha. Jetzt hast du selber mit deinem Alter

angefangen.

Wir haben ihm sogar ein cooles Shirt angezogen,

aber du kannst es ja gegen eines von Daniel

austauschen, meinte Caro.

Ich freue mich wirklich, jetzt habe ich also einen

neuen Mitbewohner.

Du kannst ja mal ein paar Fotos von ihm machen,

oder von euch, lachten die Mädels zum Abschied.

Daniel

Nach meiner Scheidung lebte ich sieben Jahre

lang glücklich allein.

Ein Mann kam uns nicht mehr ins Haus, hatten

wir drei Freundinnen uns in unserem Single-

Frauen-Club geschworen. Außerdem hielt ich mich eh für beziehungsunfähig.

Das mit dem verflixten siebenten Jahr funktionierte bei mir umgekehrt. Dann lernte ich nämlich Daniel kennen. Und nebenbei bemerkt, war ich damit die Letzte aus unserem Club, die sich wieder auf eine Beziehung einließ.

Eigentlich wollte ich das langsam angehen.

Soweit die Theorie. In der Praxis sah es anders aus: Schon nach kurzer Zeit gab ich ihm meinen Zweitschlüssel. *Dann musst du nicht immer klingeln und kannst auch mal kommen, wenn ich noch nicht da bin.*

Daniel arbeitete als Musikpädagoge, außerdem war Fußball seine große Leidenschaft. Er spielte nicht nur selber einmal die Woche, sondern liebte es auch, über Taktiken zu philosophieren *Weißt du, Musik und Fußball liegen gar nicht so weit auseinander. Du musst ein Spiel lesen können wie eine Partitur.*

Aha, und der Trainer ist der Dirigent.

Na ja, so ungefähr.

Und du wärst auch gerne mal Dirigent?

Würde ich mir zutrauen, ja.

Wenn man sieben Jahre allein gelebt hat, bei Daniel waren es fünf, knarzt es vielleicht anfangs hier und da. Es fühlte sich auf der einen Seite wunderbar an, nicht mehr allein zu sein, aber wiederum auch fremd, weil da jemand war, der Platz verbrauchte, und der die Sofakissen anders drapierte als ich. Auch wenn das nicht wichtig war, war es doch ungewohnt, und ich habe ich sie dann wieder so angeordnet, wie ich es immer tat. Hinterher habe ich mich über meinen Eigensinn geärgert.

Ich erinnerte mich auch noch daran, als Daniel das erste Mal Wäsche aufhängte, auf seine Art. Ich wusste, ich sollte mich eigentlich darüber freuen, aber ich konnte mich einfach nicht beherrschen, und hängte anschließend einige Sachen noch mal um.

Obwohl ich merkte, dass Daniel mir guttat, zeigte ich lange nur zögerlich meine Gefühle. Hatte ich doch in den Jahren eine Mauer um mein Herz aufgebaut?

Bisher war ich immer gut mit mir allein zurechtgekommen, fühlte mich selten einsam. Umso mehr erschrak ich, dass ich mich plötzlich allein fühlte, wenn er später kam, oder sogar ausgeschlossen, wenn er von einer spannenden Begegnung erzählte. Das passte nicht zu mir, ich war doch eine selbstbewusste Frau.

Es dauerte eine Weile, ehe wir ein Gleichgewicht fanden in unserem Miteinandersein, Reden half da sehr.

Gerade, als es gut lief, veränderte sich alles. Ich kannte den Spruch „Leben ist ständige Veränderung", aber auf diese Veränderung hätte ich gerne verzichtet.

Wir führten eine Fernbeziehung. Seit gut zwei Jahren.

Die Entwicklung verlief langsam. Daniel wollte sich beruflich neu orientieren, wie es so schön heißt, und bekam die Riesenchance, über ein Praktikum in seinen heiß geliebten Fußball reinzuschnuppern. Wenn wir telefonierten, klang er immer begeistert. Er blieb also dabei, und begann sogar ein Trainerstudium. Daniel war auf dem Weg zum Dirigenten im Nachwuchsbereich. *Das ist so klasse*, schwärmte er am Telefon. *Ich bin zwar hier der Quereinsteiger, aber meine Erziehertätigkeit hilft mir dabei absolut.* Ich freute mich für ihn, logisch, so eine Chance zu bekommen, da wäre er blöd gewesen, nicht zuzugreifen. Und nach dem Studium würde er ja vielleicht auch in Berlin arbeiten können.

Wir telefonierten oft, schrieben uns Nachrichten. Daniel besuchte mich zwei, drei Mal, meist von Dienstag auf Mittwoch, denn an den Wochenenden fanden ja Spiele statt. Ich war nur einmal bei ihm in seinem winzigen möblierten Zimmer gewesen.

Doch Besuch ist nicht Alltag und ich fürchtete, diesen wieder zu verlernen.

Als wir ein erstes gemeinsames Wochenende in Berlin geplant hatten, kam Corona. Seitdem haben wir uns nicht mehr gesehen. Nächsten Mittwoch wird es ein Jahr.

Wir telefonierten nun noch öfter, und mitunter spürten wir dabei wieder die alte Nähe, das warme Gefühl in der Magengrube war wieder da. Es ist halt, wie es ist, sagte ich, wenn es mir gut ging. Doch dann sprang mein Gefühlskarussell an. Im Fernsehen berichteten sie von Paaren, die in unterschiedlichen Ländern lebten und für ein Wiedersehen kämpften. Daniel und ich lebten in einem Land und waren doch getrennt. Ich wollte auch einen Mann, der darum kämpfte, mich wiederzusehen. So wie in den Schnulzen, die meine Eltern immer geschaut hatten.

Da hatte ich noch mal jemanden in mein Leben gelassen, und nun sollte dieser Mensch wieder aus meinem Leben verschwinden? War da und doch nicht da. Wie auf Montage halt, konnten andere doch auch. Ein halber Mann sozusagen. Im Gegensatz zu Daniel brauchte ich Sicherheit in meinem Leben. Sicherheitsmensch mit Freiheitsanspruch quasi. Und Veränderung bedeutet ja auch erstmal Unsicherheit.

Als ich zu vertrauen begann, in die Zeit, in mich, in uns, wurde das Alleinsein mit mir wieder entspannter. Als astrologische Feuerzeichen brauchten wir schließlich beide auch unseren Freiraum. Ich spürte, dass ich Beziehung konnte und allein sein, und ich glaubte, das machte mich sogar stärker.

Ach, nun habe ich mich aber total in Erinnerungen verloren. Also zurück ins reale Leben: Wohin mit dem Mitbewohner?

Ich verfrachtete ihn erstmal auf die Couch und legte ihm ein Kissen in den Arm, also unter seinen einen Arm.

Das Kuscheln im Sitzen klappte bei uns nicht,
irgendwie disharmonierten unsere Sitzgrößen.
Aber als Schoßkissen und Buchablage machte er
sich ganz gut.
Irgendwann in der Nacht holte ich ihn dann ins
Schlafzimmer.
Hatten meine Freundinnen nicht gesagt, man
könne ihn auch als Seitenschläferkissen nutzen?
Gut, dann darfst du jetzt also auf die freie
Bettseite. Ich zuppelte und drehte solange an ihm,
bis es bequem war und legte meinen Arm auf ihn.
War ganz entspannend.

Ein paar Tage später besuchte mich mein Sohn mit seiner Tochter und entdeckte den halben Mann in meinem Bett.

Was ist das?

Als ich ihm die Geschichte erzählte und dass ich Umarmungen so sehr vermisste, hat er mich ganz fest gedrückt.

Karl-Heinz

Anna rief an. *Wie es dir mit deinem Mitbewohner?*

Ach, Karl-Heinz und mir geht es gut!

Karl-Heinz? Wie bist du denn auf den Namen gekommen?

Keine Ahnung, sagte ich wahrheitsgemäß. Ich kannte keinen Karl-Heinz, eigentlich kannte ich auch nur einen mit einem Doppelnamen, das war Hans-Georg, ein guter Freund.

Eines Abends, als ich mich in meine Lieblings-Schlafposition kuschelte, auf dem linken Arm liegend, griff ich mit der rechten Hand nach hinten und holte mir das einarmige Kissen. Ich legte es ganz dicht an meinen Rücken, und schlief überraschend wohl behütet ein. Als ich mich morgens auf den Rücken drehte, tätschelte meine Hand seinen T-Shirt-Bauch und ich sagte, *ach, Karl-Heinz, wir beide sind doch ein gutes Team. Na da hat sich das Geschenk doch gelohnt. Dann brauchst du Daniel ja gar nicht mehr. Nee, nee, das kann man ja nun nicht vergleichen. Wäre schon schön, wenn wir uns mal wiedersehen. Und Karl-Heinz versteckst du dann im Kleiderschrank wie im Film.* Anna lachte. *Nö, den kann er doch ruhig sehen.*

Daniel

Eine Mail von Daniel.

Die Situation ist ganz schön doof und keiner weiß so recht, wie es weitergeht. Aber ich möchte dich endlich wiedersehen. Gestern habe ich mich testen lassen, negativ, ich könnte am Freitag zu dir kommen. Das Studium läuft eh online, ich würde erstmal ne Woche bleiben. Was meinst du dazu?

Damit hatte ich nie gerechnet! Ich konnte kaum klar denken, hundert Gefühle tanzten in meinem Bauch. Und heute war erst Montag!

Wie würde es sein, wenn wir uns wiedersehen? Nach so langer Zeit und dann gleich eine Woche. Würde es sich zuerst fremd anfühlen? Ich konnte es immer noch nicht glauben.

Ich musste sofort die Mädels anrufen. Bei Anne ging nur der Anrufbeantworter ran.

Caro freute sich für mich. *Wow, das finde ich schon cool, dass er das macht. Sag mal, dann brauchst du doch in dieser Zeit den Karl-Heinz nicht, Anne hat mir von der Namensgebung erzählt.*

Wieso, frage ich. *Du doch auch nicht, du hast schließlich Peter.*

Ach, wenn der immer am Sägen ist, flüchte ich nachts ins ehemalige Kinderzimmer und schlafe da. Geht schon ne Weile so.

Ach, Caro. Das tut mir leid, aber Karl-Heinz gebe ich jetzt nicht mehr her.

Freitagmittag stand Daniel dann vor mir und es
hatte sich nichts verändert, es fühlte sich so an,
als hätten wir uns erst gestern gesehen.
Lange wir beide uns schweigend. Irgendwann
lösten wir uns voneinander, Daniel packte seine
Reisetasche aus und ich ging in die Küche, um
uns Kaffee zu kochen. Türkisch, schwarz mit
etwas Zucker, so mochten wir ihn beide.
Daniel folgte mir, die Hände hinter dem Rücken
versteckt.

*Mach mal die Augen zu! Ich habe lange überlegt,
was ich dir mitbringen könnte. Du kannst die
Augen wieder aufmachen. Trara!*

Als ich sah, was er in den Händen hielt, musste
ich laut lachen.

*Lachst du mich jetzt aus oder an? Ich dachte,
weil ich doch immer so lange weg bin, dann
musst du nicht mehr allein im Bett liegen. Den
kann man wohl auch als Seitenschläferkissen
benutzen.*

Ich weiß, sagte ich. *Komm mal mit!*

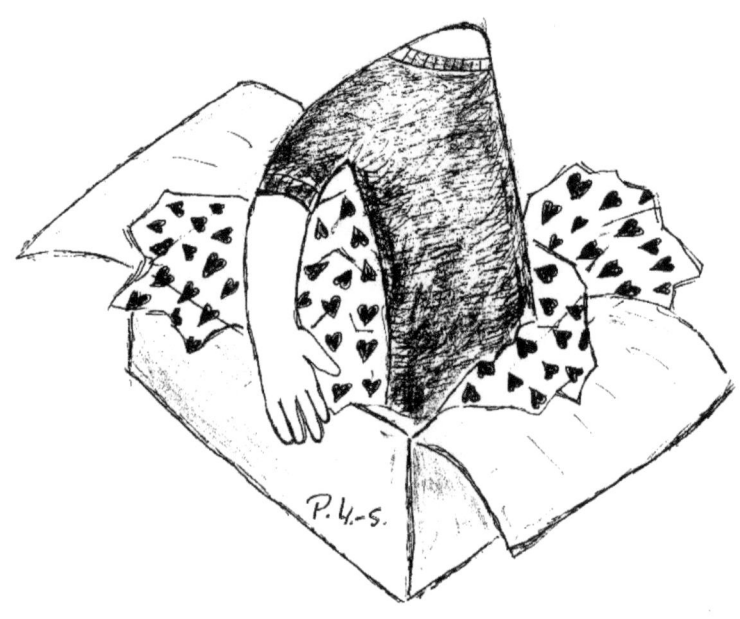

Bonus

Warum habe ich die folgende Geschichte als Bonus bezeichnet?

Zuerst habe ich überlegt, ob ich diese mit ins Buch nehme, da sie sich doch sehr von den vorhergehenden unterscheidet, welche ich mir vom Leben abgeschaut habe. Die folgende entspringt komplett meiner Fantasie.

So hatte ich zuerst überlegt, ob sie in das Buch passt. Ich sage ja, denn letztlich geht es doch immer auch um Fantasie, oder?

Nur eine Geschichte

Es war einmal ein junger Mann, dem seine Eltern
den Namen Paul gegeben hatten. Paul hatte wilde,
dunkle Locken, geheimnisvolle grüne Augen und
ein offenes, lebenshungriges Gesicht. Er wohnte
in einem alten Haus, in einem kleinen Zimmer
unter dem Dach.

Paul hatte ein ganz besonderes Talent: Er konnte
wunderschöne Geschichten schreiben.
Spannende, gruslige, und auch lustige
Geschichten. Manchmal las er sie anderen
Menschen vor, in einer Bibliothek, in einem Café
oder vor einiger Zeit auch in einem Kinderheim.
Eines Abends saß er wieder an seinem
Schreibtisch. Wie üblich wollte er im mattgelben
Schein seiner Schreibtischlampe nachts seine
Geschichten schreiben, denn er hatte
herausgefunden, dass sie ihm nachts am besten
gelingen.

Doch heute war es anders. Schon seit Stunden saß
Paul dort. Um ihn herum zusammengeknülltes

weißes Papier, unzählige Blätter, manche halbbeschrieben, auf einigen stand nur ein Wort. Paul kam einfach nicht weiter mit seiner Geschichte, und wenn er ehrlich war, hatte er noch nicht mal einen Anfang. So lief er aufgewühlt die wenigen Schritte zwischen Tür und Schreibtisch hin und her, her und hin. Oder er saß zusammengesunken vor einem weißen Blatt Papier, das ihn erbarmungslos anstarrte, und kaute auf seinem Bleistift herum. Nichts. Sein Kopf war so leer wie noch nie zuvor und gleichzeitig fühlte er sich zentnerschwer an. Als wäre er in einen Schraubstock eingeklemmt, so dass keine seiner sonst so vielen Ideen fließen konnte.

Resigniert und wütend schmetterte er schließlich den Stift gegen die Wand und warf sich im gleichen Moment in die Lehne seines Stuhles zurück.

Was war denn das?

Es knallte, als würde ein Ballon zerplatzen, die Luft flimmerte regenbogenfarben, Sterne tanzten über seinem Schreibtisch und auf dem weißen

Blatt Papier hüpfte, ja glaubst du es, da hüpfte
doch tatsächlich eine kleine, putzige Fee.
Allerliebst war sie anzusehen. Ganz vorsichtig
hob Paul das zerbrechliche Wesen an und setzte
sie auf seiner Handfläche ab, um sie näher zu
betrachten.

Ja, wer bist du denn?, fragte er seinen winzigen
Gast.

Ich bin deine Fee, lieber Paul. Ich habe gesehen,
wie traurig du bist, darum bin ich direkt von

meinem Feenstern zu dir geflogen. Ich möchte dir

gern helfen.

Aber wie willst du mir denn helfen?, fragte Paul

und schaute ungläubig. Die Fee schmollte ein

bisschen, weil sie spürte, dass Paul sie nicht ernst

nahm.

Wenn du meine Hilfe nicht willst, dann fliege ich

eben wieder zurück! Sie drehte sich trotzig von

ihm weg.

Paul schmunzelte über diese Reaktion, dann

tippte er die Fee vorsichtig mit seinem

Zeigefinger an.

Bitte entschuldige. Aber wie willst du mir helfen?

Ich weiß, wie dein Schmerz zu lindern ist. Befolge

nur meinen Rat!

Dabei hob sie mahnend einen winzigen Finger.

Finde einen Menschen, der bereit ist, drei

Stunden lang ganz fest an dich zu denken und an

deine Fähigkeiten zu glauben. Drei Stunden lang.

Dann wirst du wieder schreiben können!

So einfach soll das sein?, fragte Paul skeptisch.

Das schaffe ich doch locker, ich kenne so viele

Menschen. Es wird nicht lange dauern, bis ich
einen gefunden habe, der Zeit für mich hat!
Gut, sagte die Fee. *Dann wirst du mich ja auch*
nicht mehr brauchen.
Sprach's und verschwand mit den Sternen und
den Regenbogenfarben.

Paul hielt noch immer die offene Handfläche
nach oben, auf der bis eben sein Glücksbringer
gesessen hatte. Er schüttelte den Kopf. Hatte er
das alles nur geträumt? Was hatte die Fee gesagt?
Einen Menschen sollte er finden, der drei Stunden
an ihn denkt? Paul sah auf die Uhr, für heute war
es wohl zu spät, aber gleich morgen früh wollte er
sich auf den Weg machen.

Paul wachte früher auf als gewöhnlich und fuhr
nach einem hinuntergeschlungenen Käsebrot in
die Stadt zu seinem Verleger. Der druckte seine
Geschichten und war auch ein Freund. Zumindest
hatte er das gesagt: *Junger Freund, Sie können*
mir vertrauen, ich werde immer an Ihrer Seite
sein, wenn Sie mich brauchen.

Dieser Mann würde ihm sicherlich seine kleine

Bitte erfüllen.

Darum hatte Paul keine Zweifel und freute sich in

Gedanken schon auf die neue Schreibenergie, die

ihn bald wieder durchströmen würde.

Somit brachte er sein Anliegen vor.

Der dicke Mann saß ihm gegenüber, hinter

seinem massiven Schreibtisch, und kniff die

Augen zusammen. Immer kleiner wurden sie und

züchteten böse Falten über der Nase. *Drei*

Stunden lang soll ich an Sie denken? Ja, wissen

Sie eigentlich, was Sie da von mir verlangen? Die

Stimme des Mannes wurde mit jedem Wort

schriller. *Sie sehen doch selbst, ich ersticke*

förmlich in Arbeit! Dabei breitete er demonstrativ

seine Arme über dem Schreibtisch aus, auf dem

es nicht wirklich nach Arbeit aussah.

Der Verleger sprang auf, bevor Paul noch etwas

hinzufügen konnte, und drängte ihn zu Tür.

Dort legte er ihm kurz die Hand auf die Schulter

und meinte: *Das mit der Schreibblockade geht*

wieder vorbei. Wir haben genug Autoren in Ihrem

Genre, melden Sie sich einfach wieder, wenn Sie

etwas Neues geschrieben haben. Auf

Wiedersehen!

Und schon stand Paul vor der geschlossenen Tür.

Er fühlte sich überrumpelt und war sehr, sehr

enttäuscht. War ich so naiv gewesen, fragte er

sich.

Dann aber machte er sich wieder Mut: *Das war ja*

auch mein erster Versuch, so schnell gebe ich

nicht auf!

Er erinnerte sich an seinen ehemaligen

Deutschlehrer, der in ihm schon in der Schule die

Liebe zum Schreiben geweckt hatte. Der würde

sich bestimmt freuen, ihn wiederzusehen.

Paul musste etwas länger nachdenken, bis ihm

einfiel, wo der Lehrer wohnte. Hoffentlich ist er

nicht umgezogen, dachte er.

Schließlich stand er vor dessen Wohnungstür und

klingelte.

Paul erschrak, als ein gebückter Mann mit

schlohweißem Haarkranz um die Glatze ihm die

Tür öffnete. Er hatte den Lehrer anders in

Erinnerung, vielleicht hatte er sich doch in der Tür geirrt?

Nein. Es dauerte eine kleine Weile, doch dann erkannte der alte Mann in Paul seinen ehemaligen Schüler, und bat ihn herein. *Ich bekomme so selten Besuch.*

Paul brachte sein Anliegen vor, in der Hoffnung, diesmal nicht den Weg umsonst gegangen zu sein. Der ehemalige Lehrer hörte ihm aufmerksam zu. Er saß in einem Sessel, die Arme ruhten auf den dicken Lehnen, an denen das Leder schon brüchig wurde. Seine Augen wirkten müde.

Nachdem Paul seine Bitte geäußert hatte, schwiegen beide eine Zeitlang. Man hörte nur das Pendel der Standuhr.

Schließlich räusperte sich der Lehrer. *Ach, ich bin alt geworden, mein Junge. Letztes Jahr ist mir die Frau gestorben. Meine Kinder und Enkel sind in der Welt verstreut. Ich bin sehr müde und befürchte, ich werde dir nicht helfen können.*

Als würde er damit seine Worte unterstreichen wollen, schloss er die Augen.

Er war im Sessel zusammengesunken und eingenickt. Drei Stunden würde der Alte nie durchhalten. Leise schlich Paul hinaus. Es tat ihm leid, den Lehrer belästigt zu haben.

Entmutigt ging Paul den Weg zurück. Seine Beine waren schwer, sein Schritt langsam. Seine Füße trugen ihn aber nicht zu seinem Zuhause, sondern in die Kneipe um die Ecke, in der er schon einige Male gewesen war. Sofort fühlte er sich heimisch. Hier ließ man ihn in Ruhe, aber wenn er reden wollte, gab es immer jemanden, der zuhörte.

Er sah sich um. Der Tag war noch zu jung, Paul war der einzige Gast. Als ihm die Wirtin ein Bier hinstellte, fiel ihm plötzlich der Kumpel ein. Wie hieß der doch gleich? Vor ein paar Abenden hatten sie sich hier kennen gelernt und bis spät in die Nacht miteinander Gespräche geführt. Hatte sich Paul nicht sogar seine Telefonnummer notiert? Er kramte in seinen Manteltaschen und fand den Kassenbon eines Supermarktes. Auf der Rückseite war die Telefonnummer gekritzelt.

Ohne Name. Egal, dachte Paul, der Kumpel
würde sicher Zeit für ihn haben.

Paul fragte die Wirtin, ob er mal telefonieren
dürfe.

Wann schaffst du dir endlich mal ein Handy an?
Sie schob ihm das schnurlose Telefon über den
Tresen. Aufgeregt und voller Vorfreude wählte
Paul die Nummer. *Hallo, ich bin's*, begrüßte ihn
freundlich die bekannte Stimme. Doch als Paul
das Hallo erwidern wollte, sprach die Stimme
bereits weiter. *Leider bin ich nicht zu Hause.*
Bitte hinterlasst nach dem Piep.

Ein Anrufbeantworter. Diese verdammten sterilen
Dinger. Enttäuscht legte er auf.

Er nippte lustlos an seinem Bier und erinnerte
sich daran, was er zur Fee gesagt hatte: *So*
einfach soll das sein? Das schaffe ich doch
locker!

Einen allerletzten Versuch wollte er aber noch
unternehmen. Vielleicht konnte Andrea ihm
helfen. Sie waren mal ein Paar gewesen und
hatten sich, wie man so schön sagt, in

Freundschaft getrennt. Vor ein paar Monaten erst, oder war das doch schon länger her? Die Zeit verging so schnell. Damals hatten sie sich gegenseitig versprochen, für den anderen da zu sein, falls er einmal Hilfe brauchte.

Paul griff erneut zum Telefon, überrascht, dass er ihre Nummer noch immer auswendig kannte, obwohl sie seitdem nie mehr telefoniert hatten.

Doch statt sie anzurufen, entschied er sich spontan, zu ihr zu gehen.

Am späten Nachmittag stand er vor ihrer Wohnungstür und wunderte sich, dass sein Herz immer noch so sehr klopfte wie früher.

Ungeduldig wartete er darauf, dass sie öffnete.

Du?

Sie wechselten ein paar unsichere Blicke und Höflichkeitsfloskeln.

Du hast dich überhaupt nicht verändert.

Gut siehst du aus.

Schließlich rückte Paul mit seiner Bitte heraus.

Während er sprach, schnell, als fürchtete er schon

jetzt ihre Reaktion, sah er sie prüfend an, konnte aber keine Regung in ihrem Gesicht erkennen. Als Paul fertig war, plapperte sie auf einmal los, als hätte sie ihm gar nicht zugehört. Er verstand nur Bruchstücke, denn sie sprach noch schneller als er.

Mitten in den Hochzeitsvorbereitungen...

Keine Zeit...

Ein andres Mal helfe ich dir gern...

Wirklich.

Sie war sein letzter Rettungsanker gewesen. Völlig entmutigt schlich Paul nach Hause. Bereits beim Aufschließen der Tür spürte er, dass er nicht allein war. Paul knipste die kleine Wandleuchte an und siehe da, auf seinem Schreibtisch saß wieder die putzige Fee. Er beugte sich zu ihr hinunter und stützte den Kopf auf seine Hände. *Ich dachte, du wolltest nicht mehr zu mir kommen,* sagte er zu ihr. *Das wollte ich auch nicht. Aber das kann ich ja nicht mit ansehen! Du suchst bei den falschen Menschen. Du musst das kleine Mädchen finden. Es wird Zeit haben.*

Aber welches kleine Mädchen denn?

Ja, hast du es denn schon vergessen? Vor einiger Zeit, da hast du deine Geschichten in einem Kinderheim gelesen. Und dieses kleine Mädchen hat den ganzen Nachmittag an deinen Lippen gehangen und dir aufmerksam zugehört. Aufmerksamer als alle anderen Kinder, erinnerte ihn die Fee.

Jetzt fiel es ihm auch wieder ein. Das Vorlesen hatte auch ihm viel Freude bereitet. Aber das war schon so lange her und er konnte sich kaum mehr erinnern, wo das war. Und auch wenn er auch noch so angestrengt nachdachte, sein Kopf war einfach nur müde von diesem langen Tag.

Paul schlief über sein Grübeln ein. Als er erwachte, war die Fee verschwunden.

War es doch nur ein Traum? Er rieb sich die Augen, dann fielen ihm die die letzten Worte der Fee wieder ein. Er sollte das kleine Mädchen finden.

Ach, vielleicht brauche ich das ja gar nicht mehr, dachte Paul und startete einen wiederholten

Versuch, zu schreiben. In die Mitte des Blattes schrieb er das Wort Mädchen und malte einen Kreis darum. Diese Methode wandte er oft an, wenn er eine Geschichte entwickeln wollte. Von dem Wort in der Mitte ausgehend zeichnete er Striche zu anderen Worten, die seine Fantasie ihm zuflüsterte, doch diesmal flüsterte nichts. Als er den vierten dicken Kreis um das Wort gezogen hatte, strich er es wütend durch und lief zum Fenster. Er öffnete es und hielt sein Gesicht in den kühlen Morgenwind. Die Luft strömte ins Zimmer. Paul ließ es geöffnet, während er sich im Bad fertig machte für den neuen Tag.

Als er das Fenster wieder schließen wollte, fand er auf dem Fensterbrett eine kleine Sonnenblume. Er schüttelte den Kopf, nahm sie und stellte sie in ein Wasserglas. Mich wundert gar nichts mehr, dachte er. Ist ja auch völlig normal, dass eine Sonnenblume auf meinem Fensterbrett liegt. Ich glaube, ich drehe wirklich langsam durch.

Drei Tage brauchte Paul, bis er endlich das Kinderheim gefunden hatte. Es lag an einem kleinen Wäldchen und wirkte wie ein Märchenschloss. Über der großen Eingangstür prangte ein leuchtend gelbes Schild mit der Aufschrift *Zur Sonnenblume.*

In diesem Moment wusste er, dass die Fee ihm die Blume aufs Fensterbrett gelegt hatte.

Im Heim ging es wuselig zu und angenehm laut. Ja, angenehm laut, das passte, fand Paul, fröhlich gelb leuchtend laut. Er ließ diesen ersten Eindruck kurz auf sich wirken und speicherte diese Formulierung ab.

Ein junger Mann kam auf ihn zu: *Kann ich Ihnen helfen?*

Neben ihm stand das Mädchen, lächelte Paul an und sagte: *Ich weiß, warum du hier bist.* Es schien auf ihn gewartet zu haben.

Paul gab ihr die Hand.

Wie heißt du?

Asja.

Das ist ein sehr schöner Name. Hast du Zeit für

mich?

Asja nickte.

Nachdem er mit der Heimleitung alles
Notwendige geregelt hatte, fuhren er und das
Mädchen mit dem Zug zu Pauls stillgelegter
Schreibwerkstatt.

Ja, die Fee hatte Recht behalten. Das Mädchen
blieb bei ihm. Sie dachte an ihn und glaubte an
seine Fähigkeiten als Schriftsteller, als hätte sie
nie etwas anderes getan oder tun wollen.

Und Paul? Seine Schreibtischlampe kannte von
nun an keine Pause mehr, denn er schrieb und
schrieb, verbrauchte auch noch sein allerletztes
Blatt Papier. Er schrieb seine allerschönste, seine
beste Geschichte oder schrieb er gar einen
Roman?
Und Asja blieb bei ihm, bis zum letzten Punkt.

Erschöpft, aber glücklich ließ Paul den Stift auf
seinen Schreibtisch fallen und spürte erst jetzt den

stechenden Schmerz in der überanstrengten Hand.
Doch was war schon dieser kleine Schmerz gegen
das große Glück, wieder schreiben zu können?

Da sprach das Mädchen zu ihm. *Nun kannst du
wieder schreiben und ich möchte zurück in mein
Heim. Du brauchst mich nun nicht mehr.* Paul war ein wenig irritiert. *Aber möchtest du
denn nicht bei mir bleiben?*
Nein. Ich vermisse die Sonnenblume.

Also begleitete Paul sie schweren Herzens zum
Heim zurück. Dort angekommen, fiel Asja jedoch
der Abschied schwerer als sie gedacht hatte, und
so fragte sie:
Darf ich Paul noch zum Bahnhof bringen?

In ihren letzten gemeinsamen Minuten sprachen
beide kein Wort.

Der Zug stand schon bereit. Paul hatte sich aus
dem Abteilfenster gelehnt, ihre Hände berührten
sich.

Und endlich fand er den Mut, die eine Frage zu stellen, die ihn schon so lange beschäftigte.

Warum hast du das für mich getan, Asja?

Zurückbleiben bitte!, tönte aus dem Lautsprecher. Der Zug fuhr so behutsam an, als würde auch er sich nicht verabschieden wollen.

Paul rief: *Warst du mal in einer ähnlichen Situation wie ich? Hast du jemanden gefunden, der dir half?*

Der Zug nahm Fahrt auf.

Das Mädchen lief noch bis zum Ende des Bahnsteigs mit.

Aber ihre Antwort verschlang der Lärm der dampfenden Lok.

Über die Autorin:

Astrid Reimann, geboren 1961, schreibt Kurzgeschichten und Gedichte, die bereits in einigen Anthologien und Zeitschriften veröffentlicht wurden.

Außerdem kann man ihre Texte auf öffentlichen Lesungen (bisher nur in Berlin) hören.

Mehr über die Autorin erfahren Sie hier:

www.astrid-reimann.de

Über die Zeichnerin:

Petra Wölfel-Schneider wurde 1959 in Berlin geboren, studierte Kunsterziehung/Deutsch an der Humboldt Universität zu Berlin, leitete u.a. einen Mal- und Zeichenzirkel, organisiert seit Jahren die Ausstellungen im „Kino Kiste" Berlin und stellt auch eigene Arbeiten aus.

Dieses Buch ist bereits ihr fünftes gemeinsames Projekt.

Von der Autorin bisher

im BoD-Verlag erschienen:

- Zurück im Fundbüro der Träume
- Anna auf der Suche nach der Geduld
- Die zauberhafte Scheibe
- Das Schneckenmückenpferd
- Das Fenster gegenüber
- Der goldene Weg